KB007108

님께 드립니다

로부터

아주 특별한 선물

작은 나무사람 펀치넬로 이야기

MAX LUCADO

맥스 루케이도 지음 / 데이비드 웬첼 그림 / 김선주 옮김

고슴도치

이주 특별한 선물

지은이 맥스 루케이도 / 그린이 데이비드 웬첼 / 옮긴이 김선주
펴낸곳 고슴도치 / 펴낸이 김유경
초판 1쇄 2012.08.30./등록번호 제10-1776호/등록일 1999.06.14.
주소 경기도 파주시 문발동 559번지 109-301
전화 영업부 070 4063 9357, 편집부 070 4063 9358 / FAX. 031 601 8132

Your Special Gift
Text copyright © 2006 by Max Lucado
Illustration copyright © 2006 by David Wenzel
Copyright © 2006/2008 Lion Hudson ple/Crossway Books.
original edition published in English
under he title YOUR SPECIAL GIFT by Crossway Books,
Wheaton, U.S.A.

ISBN 89-89315-38-4 03840

값 9,000원

네가 가장

잘 할 수 있는 일을 하렴

누가 보낸 선물일까?

편치넬로는 자신의 작은 집을 나서며 미소지었습니다. 오렌지 색 밝은 햇살이 환하게 비치고 새 우는 소리가 들렸으니까요.

"날씨가 정말 좋아요, 엘리 아저씨!"

편치넬로는 자신을 만들어준 목수 엘리에게 소리쳤습니다. 엘리는 고개를 들어 편치넬로를 향해 손을 흔들어 주었습니다.

엘리의 집은 언덕 가장 높은 곳에 있었지만, 그가 만든 나무사람인 웸믹들의 모습을 충분히 볼 수도 들을 수도 있었습니다.

"그건 선물로 생각하렴, 작은 친구." 이렇게 말하고 엘리는 작업장 안으로 들어갔습니다.

펀치넬로는 우체통 안에 선홍색 꾸러미가 들어있는 것
을 발견했습니다.

"어라, 이게 뭐지? 누가 선물을 보냈네?"

펀치넬로는 꾸러미를 풀었습니다. "망치다! 옛날부터
갖고 싶었던 거야. 그런데 누가 보낸 걸까?"

그는 이리저리 살펴봤지만 주위엔 아무도 없었습니다.

근처의 다른 작은 집에서도 펀치넬로의 친구 루시아가
똑같은 궁금증에 빠져 있었죠.

"누가 내게 이런 근사한 선물을 보낸 걸까?" 그녀는 문
앞에 놓여있던 상자의 뚜껑을 열며 중얼거렸습니다.

"어머, 붓과 팔레트네? 내가 그림 그리고 싶어 하는 걸
누가 알고 보냈지?"

스플린트와 우디의 집은 루시아의 집보다 좀더 시내 쪽
에 가까웠습니다. 둘은 침대 발치에 놓인 각자의 선물을
발견했어요.

"우디, 고마워!" 스플린트가 소리쳤습니다.

"나 아니야, 그런데 이건 네가 준거야?" 우디는 노란색
리본이 묶인 초록색 상자를 들고 말했습니다.

"아닌데, 어쨌든 뭔지 열어보자."

"바느질 도구야! 나 바느질 좋아해!" 우디가 실과 바늘
을 들어 보이며 말했습니다.

"기타다! 나 기타 칠 줄 알아." 스플린트가 들뜬 목소리
로 말했습니다. "그런데 누가 이런 걸 보내줬을까?"

"그리고 왜?" 우디가 덧붙였습니다.

스플린트와 우디 말고도 그런 궁금증을 가진 웸믹들이 더 있었습니다.

"이것 좀 봐요." 제빵사 한스가 아내를 큰소리로 불렀습니다.

"새 스푼이군요!" 아내가 놀란 표정으로 한스의 선물을 바라보았습니다.

꽃집 주인 바이올렛은 현관 앞에서 아름다운 화병을 발견했죠.

심지어 시장 부부에게도 선물이 배달되었습니다.

"어, 양동이랑 솔이네. 난 어렸을 때부터 청소하는 게 좋았어요." 시장이 기뻐하며 말하자,

"내건 아니네요. 난 청소 따위는 절대 좋아하지 않으니. 그건 당신 선물이 맞네요." 하며 시장 부인이 말을 자르고 끼어들었습니다.

"이건 분명 당신 선물 같은데?" 시장이 상자 깊숙한 곳에서 뭔가를 끄집어내며 말했습니다. "책이요."

"어머, 아이들용 이야기책이네! 정말 재미있겠어요. 그런데 누가 보낸 걸까요?" 부인이 물었습니다.

"글쎄요, 모르겠는데." 시장이 대답하며 이층 창문 아래 거리를 내려다 보며 말했습니다.

"그런데 저기 그 책들이 필요해 보이는 어린 웸믹들이 보이는군요."

시장 부부는 창가로 가까이 가서 매우 지쳐 보이는 웸 믹 가족 일행을 내려다 보았습니다.

엄마와 아빠 웸믹이 마차를 낑낑대며 밀고 있었습니다. 세 아이들은 추위에 떨며 불안한 표정으로 그 옆에 서 있었죠.

웨믹 마을의 손님들

시장 부부가 그 가족에게 다가갔을 때에는 이미 다른 웸믹들도 와 있었습니다. 그들은 선물을 준 이를 혹시 찾을 수 있을까 해서 선물을 든 채 거리로 나오던 중이었습니다. 그러다 마차를 발견하자 들고 있던 선물들을 길 한쪽에 내려놓곤 마차 쪽으로 다가왔던 것입니다.

"무슨 일이시죠?" 루시아가 그 가족에게 물었습니다.

"온갖 나쁜 일이란 나쁜 일은 다 겪었답니다." 아빠 웸믹이 사정을 설명했습니다. "다리를 건너려는데 그만 마차 바퀴가 부러졌습니다. 그때 마차가 기울어지면서 그 안에 있던 옷가지들이 강물에 떠내려가 버렸죠. 비가 내려서 음식들은 먹을 수 없게 됐고요. 지금 배고프고, 피곤하고, 보시다시피 이렇게 더럽답니다."

"어디에 가시던 길인데요?"

"엘리를 만나러 아주 먼 곳에서 왔답니다." 엄마 웸믹이 말했습니다. "하지만 지금은 너무 지치고 배가 고파서 아무래도 못 갈 것 같아요." 그녀의 목소리는 기운이 없어서 속삭이는 듯했고, 고개도 제대로 들지 못했습니다.

한동안 아무도 말을 하지 못했습니다. 어떤 말을 해야 할지 몰랐거든요. 그러다 무언가 생각이 떠오른 펀치넬로가 친구들을 향해 말했습니다.

"저분들이 엘리 아저씨를 만나러 갈 수 있게 우리가 도와드려요."

"그래!" 모두 한 목소리로 대답하고 부러진 바퀴를 고쳐보려고 몰려갔습니다.

스플린트와 우디가 낑낑대며 바퀴를 빼내려고 했지만, 꼼짝도 하지 않았습니다.

"내가 한번 해볼게." 하며 제빵사 한스가 나섰습니다.

그러나 한스가 있는 힘을 다해 잡아당기자 그만 바퀴가 두 동강이 나버렸습니다.

"도대체 무슨 짓을 한 거야." 시장이 말했습니다. "내게

한번 맡겨봐."

그러나 그가 들어올리는 순간 바퀴는 더 여러 개로 조각이 나 버렸죠.

'이런 식으로는 안되겠어.' 펀치넬로는 생각했지만 어찌 해야 할지 몰랐습니다.

"저희는 너무 춥고 배가 고파요." 엄마 웸믹이 허기에 지친 목소리로 말했습니다.

"제가 옷을 가져올게요!" 제빵사 한스가 이렇게 소리치고 집으로 달려갔습니다.

"내가 요리할 수 있어요!" 시장 부인이 소리치자, 시장이 놀란 표정으로 부인을 쳐다봤습니다. "나도 왕년에 요리를 했다고요." 부인이 시장에게 말하고 집으로 서둘러가며 덧붙였습니다. "사실 아주 오래 전에 친구가 요리하는 걸 도운 게 전부지만. 그래도 할 수 있을 거예요."

하지만 시장 부인은 요리를 할 줄 몰랐죠.

부인은 잠시 뒤 새까맣게 탄 빵과 차가운 스프를 들고 돌아왔습니다. 그리고 한스도 옷을 가지고 왔는데, 가족들이 입을 수 있는 옷은 없었습니다. 그 옷들은 한스의 짜리몽땅한 체격에 맞게 만들어진 옷이었으니까요.

'역시 이런 식으로 안돼.' 펀치넬로는 다시한번 생각했습니다. 하지만 어떻게 해야 할지 몰랐습니다.

다른 웸믹들도 마찬가지였고요. 그 가족들은 여전히 추위에 떨었고, 배에서는 꼬르륵 소리가 났습니다. 설상가상으로 웸믹들이 서로 다투기까지 했습니다.

"부인의 음식은 먹을 수가 없어요." 스플린트가 시장 부인에게 투덜대자 부인도 맞받아쳤죠.

"댁이 손댄 바퀴는 전혀 굴러갈 것 같지 않군요."

루시아가 두 사람을 보며 킬킬거리자, 스플린트가 소리쳤습니다. "도대체 그러는 넌 왜 아무 일도 안하는 건데?"

"난, 내가 무슨 일을 해야 할지 모르겠다고!"

엘리에게 물어봐요

"다들 모르고 있어. 그게 바로 우리의 문제라고!" 펀치넬로가 상자 위에 걸터앉아 고개를 숙이며 말했습니다. 그리고 손으로 턱을 괸 채 말을 이었습니다. "이래서는 안되겠어요."

다들 조용해졌습니다.

"네 말이 맞아, 이래선 안돼." 루시아도 같은 생각이었습니다. "그렇다면 우린 어떻게 해야 하지?"

잠시 뒤 펀치넬로가 고개를 들고 미소를 지었습니다.

"그거야! 우리 엘리 아저씨께 여쭤보러 가요."

모두 그 생각이 마음에 들었습니다. 그래서 함께 언덕 위 엘리의 작업장으로 올라갔습니다. 그리고 펀치넬로가 커다란 오두막 문 앞에 서서 노크를 했습니다.

"어서 오렴 친구들." 엘리가 작업용 치마를 입은 채 환한 미소를 지으며 그들을 맞아주었습니다.

"그래, 내가 뭘 도와주면 되지?" 엘리가 벤치에 앉으며 물었습니다.

웸믹들은 그 가족에 관하여 설명하기 시작했습니다. 제일 먼저 마차 바퀴가 부러진 일을 말하자, 엘리는 고개를 끄덕이며 "알고 있단다." 하고 말했습니다. 그리고 그 가족이 옷을 잃어버린 것과 음식을 먹을 수 없게 된 것에 대해 설명했을 때도 엘리는 마찬가지로 고개를 끄덕이며, "알고 있단다." 하고 말했죠.

"그들은 아저씨를 만나러 오던 중이었어요." 루시아가 덧붙였습니다.

"알고 있단다." 엘리는 미소를 지으며 말했습니다.

"알고 계셨다고요?" 루시아가 물었습니다. "정말 바퀴가 부서지고 옷과 음식이 못쓰게 된 걸 알고 계셨다고요?"

"그렇단다."

"그 가족이 아저씨를 만나기 위해 온 것도 아셨고요?"

엘리가 고개를 끄덕였습니다. 루시아가 펀치넬로를 쳐
다봤고, 펀치넬로는 친구들을 쳐다봤습니다.

그들 모두는 엘리 아저씨를 바라보며 한목소리로 물었
어요. "그런데 왜 그들을 안 도와주셨어요?"

"벌써 도와줬는걸."

웸믹들은 어리둥절해 했습니다.

"도와주셨다고요? 그들을 어떻게 도와주셨는데요?"

"그들을 너희들한테 보내줬잖니?"

"저희들에게요?"

"그래, 너희들에게. 이 마을로 오게 해서 너희가 도울
수 있게 했잖니."

잠시 동안 아무도 말을 할 수 없었습니다.

그러다 펀치넬로가 침묵을 깼습니다.

"그게 바로 저희들의 문제인걸요. 저희들은 돕고 싶지만 그 방법을 모르겠어요. 바퀴는 부러졌고 그 분들은 여전히 추위에 떨고 먹을 음식이 없어요."

시장 부인도 그 말을 인정하지 않을 수 없었습니다.

"모두 뭔가를 하고 있는데 제대로 하는 웸믹이 없다는 것처럼 들리는구나." 엘리가 말했습니다.

"어떻게 해야 하죠?" 스플린트와 우디가 물었습니다.

"이렇게 해보렴." 엘리가 미소를 지은 후 말을 이어갔습니다. "각자 자신이 가장 잘할 수 있는 것을 하는 거야."

웸믹들은 생각에 빠졌습니다.

"너희들 모두 가장 잘할 수 있는 일을 하렴." 엘리는 다시 한번 말했습니다. "너희들 선물들을 갖고 있지 않니?"

다시 침묵이 흘렀습니다. 그러다 펀치넬로가 뭔가를 생각해냈습니다.

"맞아요, 저는 망치를 가지고 있어요!"

"저는 기타요!" 스플린트가 흥분한 목소리로 말했죠.

"누군가 제게 실과 바늘을 보내줬어요." 우디도 덧붙였습니다.

웸믹들은 차례로 각자가 받은 선물에 대해 말했습니다. 그러다 루시아가 뭔가를 깨달았습니다.

"엘리 아저씨가 저희들에게 보내주신 거죠?"

웸믹들을 만들어준 엘리는 고개를 끄덕이며 미소를 지었습니다. "내가 준 선물을 사용하도록 하렴. 자신에게 없는 것으로 무언가를 하려고 하지 말고. 자신이 가장 잘할 수 있는 일을 하는 거야."

모두가 기분이 좋아져서 마을로 돌아와 곧바로 선물을
둔 곳으로 갔습니다.

펀치넬로는 망치를 들고 마차 쪽을 바라보며 중얼거렸
습니다.

"이걸로 바퀴를 고칠 수 있겠어."

스플린트는 실과 바늘을 들고 가며 말했습니다. "어서
가서 옷을 만들어야지."

제빵사 한스는 스푼으로 요리를 했습니다. 시장은 솔을
갖고 마차를 깨끗하게 청소했고, 루시아는 붓으로 마차를
아름답게 꾸몄습니다.

잠시 뒤 한스가 그 가족들이 먹을 음식을 가져왔고, 스플린트는 그들이 입을 옷을 만드는 일을 끝마쳤습니다. 시장 부인은 아이들에게 동화책을 읽어줬고, 우디는 노래를 불러줬죠.

그러나 몇 시간이 지나지 않아 그 가족들은 너무 피곤했던 탓에 잠에 곯아떨어졌습니다.

웸믹들은 다음날 아침에 다함께 만나 그 가족을 엘리 아저씨에게 데려다주기로 약속했습니다.

태양이 떠오르자 한 무리의 행복한 웸믹들이 마차와 여행자들을 이끌고 언덕을 올라갔습니다.

새들은 노래하고 웸믹들은 미소 지었죠.

그들이 엘리의 집에 도착하자 엘리가 반갑게 맞아주었습니다.

"잘해낸 것처럼 보이는구나."

"물론이죠, 엘리 아저씨." 펀치넬로가 미소를 지으며 말했습니다.

"선물을 주셔서 감사합니다. 그런데 저희들이 도와줄 웸믹이 더 없나요?"